KB041200

쇼펜하우어의 조언

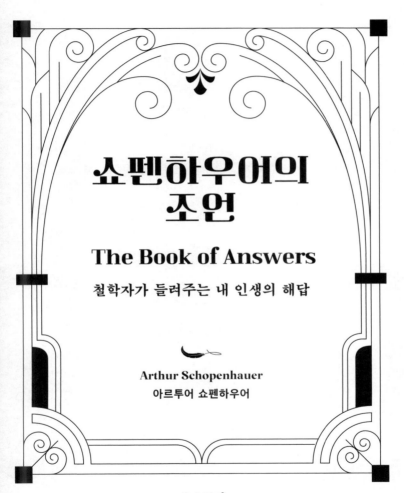

쇼펜하우어의 조언

The Book of Answers

철학자가 들려주는 내 인생의 해답

Arthur Schopenhauer

아르투어 쇼펜하우어

온스토리

'쇼펜하우어의 조언'을 읽기에 앞서

- 이 책은 당신의 고민에 철학자 쇼펜하우어가 답을 해주는 '내 인생의 해답' 고민 해결책입니다.

- 오랫동안 생각해왔던 고민을 포함하여 오늘의 일터, 만남, 퇴근 후 시간에 새로 생긴 오늘의 질문을 한번에 하나씩 떠올려보세요.

- 책등을 바닥에 붙인 후, 세로로 책을 세워서 페이지를 펼칠 준비를 하세요.

- 본문 우측 페이지에 있는 '쇼펜하우어의 조언'을 읽은 후, 좌측 페이지에 조언에 대한 당신의 생각을 짧게 압축하여 적어보세요.

- 글을 쓰는 것에 부담스러워할 필요는 없어요. 일기를 쓰듯, 그날의 사건과 기분을 짧은 문장으로 자유롭게 채워 넣어도 좋으니까요.

- 가벼운 마음으로 쓴 한 문장의 글은 훗날, 당신이란 이름의 철학자가 쓴 오래된 일기가 되어 있을지도 모릅니다.

. MY TRACES .

다수의 의견이 늘 정의인 것은 아니다

인생에 진리는 없다. 삶은 우둔한 동화일 뿐, 세상은 내가 틀렸다고 말하지만, 그렇게 말하는 세상이야말로 내 눈엔 실수와 오류투성이다.

· MY TRACES ·

오래 사는 삶은 또 다른 징계다

인간 생애는 무거운 짐을 짊어지고 나날이 등허리가 휘
어져가는 노새의 삶이다. 이렇듯 고달픈 것이 삶인데,
어찌하여 장수를 꿈꾸는가.

. MY TRACES .

칭찬보다는 사랑받는 사람이 되어라

세상 사람들에게 칭찬받는 것은 즐겁고 유쾌한 일이다. 그
러나 더 가치 있는 것은 사람들로부터 사랑받는 것이다.

· MY TRACES ·

긴 아침을 살아라

아침은 활력 넘치는 상태로 가지고 있는 힘을 오롯이 발휘할 수 있는 시간대다. 그러니 늦잠으로 소중한 아침을 짧게 마치거나 쓸데없는 일이나 수다로 헛되이 써버려서는 안 된다.

. MY TRACES .

주관과 원칙을 함부로 바꾸지 마라

현실의 절반은 객관적인 것으로 상황에 따라 다른 모습으로 나타나지만, 나머지 절반인 주관적인 것은 오롯이 내 것이기에 본질적으로 변해서는 안 된다.

. MY TRACES .

신용 받길 원한다면
먼저 나 자신을 신뢰하라

성실함의 기준을 특정하지 마라. 나는 성실한데 남이 나를 신용하지 않는다고 해서 화내지 마라. 진정한 성실함이란 매우 드문 것으로, 그 사람이 당신의 근검함에 경의를 표하면서도 워낙 보기 드문 일이라 의심하는 것일 수도 있다.

. MY TRACES .

자신의 장점을 정확히 파악하라

단점은 최대한 숨기고 장점은 어떻게든 드러내려는 게 익숙한 세상이다. 그런데 본인이 남들보다 두드러지는 장점이 있다 해도 그게 어느 정도의 가치를 가지는지 정확히 알고 있어야 유리하다.

. MY TRACES .

상대 말을 메모할 때
자신의 말도 메모하라

상대와의 신중한 대화를 메모할 때, 상대의 말과 더불어 자신이 한 말은 이후 사건의 과정과 결과, 일의 중요성을 가늠할 수 있는 중요한 척도가 된다.

. MY TRACES .

여가는 필요할 때만 사용하라

여가 시간이 잦거나 필요 이상 길어지면 오히려 우울한 기분에 사로잡히곤 한다. 휴식을 다르게 표현하자면 본래 자신이 있어야 할 영역에서 벗어난 상태라 할 수 있기 때문이다.

. MY TRACES .

혼자 있는 시간의 중요성을 알라

사람은 나이가 어릴수록 타인과 무리를 이뤄야 안심하는 경향을 띠기에 홀로 사색할 수 있는 시간이 많지 않다. 그로 인해 고독의 중요성을 아는 젊은이가 적지만, 고독을 즐기는 사람은 대부분 뛰어난 식견을 갖춘 경우가 많다.

. MY TRACES .

선입견과 편견,
고정관념은 진실을 방해한다

❧

물체의 진실을 확인하는 과정에 가장 방해가 되는 요소
는 눈에 보이는 겉모습도, 부족한 지성도 아니다. 그건
다름 아닌 선입견과 편견이다.

. MY TRACES .

감정이 고양될 땐 친구에게 의지하라

지나치게 고양된 감정은 실체에 다가서지 못하고 혼란
과 왜곡을 가져오기 마련이다. 하지만 해당 문제와 관련
없는 친구의 조언은 현실을 직시하게 만들어줄 것이다.

. MY TRACES .

지금 그대로의 현실을 즐겨라

현실은 말 그대로 현실성이 존재하는 현재 세계다. 우리
가 현재를 온전히 받아들이기 위해서는 의식적으로 현
재를 즐기는 긍정의 마음이 필요하다.

. MY TRACES .

서랍을 정리하듯 생각을 관리하라

각각의 쓰임에 따라 분류되어 있는 서랍장처럼 생각 하나를 열었을 때 불필요한 생각이 들지 않도록 정리해야 한다.

. MY TRACES .

점잖은 척 행동하지 마라

점잖은 척은 상대에게 경멸감을 일으키는 속임수이며, 자신의 실체를 감추고 남의 눈에 좋게 비치려는 속 보이는 얕은 수작에 불과하다.

. MY TRACES .

시간을 쫓지 마라

우리는 한평생 시간을 쫓고 있다는 착각에 빠져 살지만,
실상은 정반대이다. 시간은 우리를 끊임없이 압박하며
숨 쉴 틈조차 주지 않은 채 쫓아오곤 한다.

. MY TRACES .

책에 지나치게 의존하지 마라

책 속의 시간은 세월의 어느 한 지점에 멈춰 있기에, 확실하고 정확한 지식을 얻기 위해선 직접 경험해야 한다.

. MY TRACES .

간단명료하게 표현하라

수많은 지식과 생각을 몇 줄 문장만으로 간단히 축약하는 능력은 그 사람이 가진 사고의 크기와 유능함을 보여준다.

. MY TRACES .

기대의 한계를 설정하라

지나친 욕망은 제한하고 순간의 감정을 조절하여 결과를 상상력에 맡긴다면 실패에 냉철할 수 있다.

. MY TRACES .

고통 끝에 낙이 온다

재난이란 이름의 고통은 누구도 차별하는 일 없이 여러
차례 찾아든다. 쉽게 말해 삶은 인내의 연속이란 거다.

. MY TRACES .

세상에서 나 이상 중요한 것은 없다

이 세상에 나 이상으로 중요한 존재는 없다. 신이 존재
한다면 그것은 어디까지나 신의 문제일 뿐. 나의 존재만
이 나만의 문제가 된다.

. MY TRACES .

틈날 때마다 고전문학을 읽어라

현재의 삶과 문화, 시대가 세상의 전부인 듯 착각하며
살아가기에는 인류가 이룩한 과거의 영광이 너무나 아
름답고 유익하다. 인생은 짧기에 인간은 자신이 위치한
곳에서 시대를 초월해야 한다.

. MY TRACES .

행복은 자신의 힘으로 찾아라

그리스의 철학자 에피쿠로스의 열렬한 지지자이자 첫
번째 제자인 메트로도로스는 이렇게 말했다. '본인 스
스로 받아들이는 행복은 주변으로부터 얻는 행복보다
크다.'

· MY TRACES ·

외모는 늘 아름답게 가꿔라

미모는 행복에 직접적으로 공헌하진 않지만, 풍요로운 삶에 적지 않은 이득을 주는 중요한 요소다. 아름다운 외모는 주변 사람들에게 쉽게 호감을 얻게 해주는 추천장과도 같다.

. MY TRACES .

고통이 따르는 쾌락을 추구하지 마라

고통을 수반한 쾌락은 일시적이고 유한한 환상이 대부분이다. 그리고 이 세상엔 이러한 환상을 좇는 어리석은 사람이 상당수다. 과거보다 중독에 빠진 사람이 많아진 이유 또한 이와 같다.

. MY TRACES .

쓸데없는 자존심과 자부심을 버려라

가진 것이 적은 사람일수록 자존심과 자부심을 제멋대로 내세우고 표출한다. 그중에서도 가장 쓸데없는 것은 민족적 자부심이다.

. MY TRACES .

혼자 있는 시간이 성공을 이끈다

고독은 견디는 것이 아니라 누리는 것이다. 혼자이기에
다소 불편한 점과 그에 따른 고민거리 정도는 생기겠지
만, 관계로 인한 골칫거리와 비교한다면 매우 사소하다.

. MY TRACES .

일과를 간소하게 보내라

단조로운 생활은 자칫 따분한 일상을 부를 수도 있지만, 마음의 평온을 부르는 이점이 더 크다. 이는 새로운 계획을 세우거나 일을 진행할 때 좀 더 의욕을 불러일으킨다.

. MY TRACES .

누군가 험담하는 자리는 피하라

타인의 뒷담화는 우연히 듣게 되더라도 일찌감치 그 자
리를 벗어나야 한다. 그렇게라도 어느 누군가와의 쓸데
없는 다툼을 피하는 것이 행복한 일이다.

. MY TRACES .

자신이 잘못했다면 인정하라

잘못을 인정하고 바로 뉘우치는 과정은 자칫 자기혐오로 이어질 위험이 있지만, 올바른 자기반성은 같은 실수를 반복하지 않게 한다.

. MY TRACES .

규칙적으로 운동하라

게으름은 운동의 부재와 건강의 불균형을 불러온다. 대
자연의 어린 나무도 크고 단단하게 성장하기 위해 평생
을 강풍에 흔들려야 한다는 교훈을 잊지 마라.

. MY TRACES .

남의 말에 현혹되지 마라

항상 흔들림 없는 관용의 마음을 소유하고 싶다면, 타인
의 말에 어떠한 기대를 하기보다 오히려 무관심할 필요
가 있다.

. MY TRACES .

고독의 중요성을 알라

비범한 사람은 어딜 가도 친구를 찾길 원하는 평범한 사람들과는 달리 사교보다는 고독을 중시한다.

. MY TRACES .

상대의 본심이 궁금하다면
먼저 자신의 약점을 말하라

상대의 방심을 유도하려면 상대가 모르는 자신의 약점
을 알려주는 것이 가장 효과적이다. 이것이 본래 인간이
가진 본성이다.

· MY TRACES ·

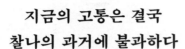

지금의 고통은 결국
찰나의 과거에 불과하다

인생을 망원경에 비유하자면, 어릴 때는 망원경을 반대
로 들고 보는 것처럼 세상이 멀게 느껴지지만, 노년에
이르러선 모든 것이 매우 가깝게 느껴지는 법이다.

. MY TRACES .

하고 싶은 말은 확실하게 표현하라

뛰어난 문장을 쓰기 위한 가장 중요한 법칙이라 한다면,
하고 싶은 말을 확실히 표현하는 법일 것이다.

. MY TRACES .

자신의 일상을 명확히 파악하라

일과 쾌락으로 점철되어 소중한 하루를 그저 닥치는 대로 보내는 사람은 자신의 일상에 대해 명확한 판단을 내리지 못하는 경우가 대부분이다.

. MY TRACES .

충분한 수면은 건강의 절대적인 요소다

수면은 마치 시계의 태엽 감는 과정과 같아서 평소 챙기
지 않으면 한순간에 멈추고 만다.

. MY TRACES .

산책의 파트너는 고뇌로 족하다

홀로 산책할 적엔 생각할 것들을 되도록 많이 챙겨간다.
어려운 과제들을 가져가는 것이다. 그래서 나는 동행이
없는 산책을 선호한다.

. MY TRACES .

자신과의 싸움에 이기고 싶다면
먼저 항복하라

인생은 자신과의 싸움의 연속이다. 나의 행복은 적의 항복이며, 나의 적은 바로 나의 의지다. 나의 마음이 진정으로 항복할 수 있을 때에서야 승리할 것이다.

. MY TRACES .

고통과 먼저 친해져라

누군가와 친분을 나누고 싶다면 당신 마음을 먼저 보여
야 한다. 이처럼 나를 사랑한다면 먼저 내 영혼이 바라
는 나의 모습과 친해져야 할 것이다.

. MY TRACES .

재능의 부유함은 마음의 부를 능가한다

부를 축적하기보다는 건강을 유지하고 재능을 갈고닦는
데 힘쓰는 것이 훨씬 현명한 자세다. 그렇다고 삶의 기
초적인 생활필수품조차 구하지 말라는 것은 아니다.

. MY TRACES .

건강이 없으면 행복도 없다

활력의 기초, 나아가 행복의 기초가 되는 것은 체력이다. 따라서 행복한 삶에서 가장 없어서는 안 되는 요소는 바로 건강이다.

. MY TRACES .

꿈의 재료는 이미 내 안에 있다

내가 되고 싶은 최선의 모습과 해낼 수 있는 꿈의 원천
은 자신 안에 존재한다. 원천의 크기가 클수록 내 속에
서 싹트는 기쁨도 커지는 법이다.

. MY TRACES .

모욕을 모욕으로 갚지 마라

모욕에 대한 보복은 감정 문제일 뿐, 똑같이 갚아줘야
한다는 의무가 있는 것도 아니고, 그렇다고 이미 훼손된
명예가 회복되지도 않는다.

. MY TRACES .

사색을 즐겨라

사색을 통해 끊임없이 생각하고 세상의 모든 존재에 새로이 접근해보거나 나름의 조합을 찾아라. 따분할 틈이 없을 것이다.

. MY TRACES .

일상의 한 조각은 고독으로 채워라

현명한 사람은 일상의 번민에서 벗어나기 위해 스스로
사회와 차단된 시간을 갖곤 한다.

. MY TRACES .

따스한 마음으로 타인과 교류하라

타인을 향한 따뜻한 마음은 사귐의 밀도를 높이며 원만한 사회생활을 영위하게 만든다.

. MY TRACES .

현실 속에서도 이상을 추구하라

이상 실현을 위해 끊임없이 노력하고 앞으로 나아가려는
사람은 자연히 현실에서도 충실한 삶을 살기 마련이다.

. MY TRACES .

농담조차도 현명한 이들과 하라

지성을 객관적으로 관리할 줄 아는 사람과의 대화는 가벼운 농담조차 소중한 조언으로 변화시키곤 한다.

. MY TRACES .

불행은 대비하되 되돌아보진 마라

이미 닥쳐버린 불행을 거듭 한탄해봐야 마음만 더 괴로울 뿐이다.

. MY TRACES .

세심함과 관용의 정신을 가져라

인생을 잘살기 위해 필요한 두 가지를 꼽으라면 앞날을
예측하기 위한 세심함과 타인을 이해하는 관용의 정신
이라 할 수 있겠다.

. M Y   T R A C E S .

예절은 본심을 감춰주는
훌륭한 가면이다

세상에 존재하는 모든 예의와 예절은 사실 거짓된 가면
에 불과하다. 누구라 할지라도 예의의 가면을 벗겨내면
역겨운 본성을 드러내기 마련이다.

. MY TRACES .

자신의 나이를 인정하라

당장의 상황을 해결하기 위해 한정된 시간을 당겨쓰는 방법도 있겠지만, 가능한 한 나이에 맞게 행동하라. 실린더의 압박에서 벗어난 피스톤이 강한 반동에 튕겨 나가듯, 내일의 건강과 나아가 생명의 일부까지도 이자로 지급하게 될 수 있다.

. MY TRACES .

경험을 통해 진리를 탐구하라

자신이 직접 경험하여 얻은 진리는 책에서 얻은 지식보다 월등한 가치를 가진다.

. MY TRACES .

인생이란 여행과 같다

앞으로 나아갈수록 풍경이 달라지고 새롭게 변하는 기차 여행의 창밖 정경처럼, 인생 역시 시간이 지날수록 살면서 봐왔던 것과 다르거나 좀 더 뛰어난 것을 발견하는 경우가 자주 있다.

· MY TRACES ·

삶의 방식에 가치를 부여하라

사람에겐 누구나 자신만의 삶의 방식이 있다. 삶의 방
식은 오롯이 본인에게서 비롯되는 것으로, 스스로 큰
가치를 부여하지 않는다면 다른 면도 특별한 것이 없게
된다.

. MY TRACES .

잠재된 욕망을 굳이 드러내지 마라

선인의 얼굴을 가진 훌륭한 사람이라 하더라도 모든 인간의 내면 깊은 곳에는 욕망이라는 이름의 약탈자가 자리하고 있다. 가능한 한 이들이 함부로 행동하지 못하게 해야 하며 슬그머니 얼굴을 보이는 행동조차 막아야 한다.

. MY TRACES .

절망에 파묻히지 마라

희망은 달콤한 선물처럼 매번 찾아오지만, 절망은 한번
방문한 후에는 다시 찾아오지 않는다.

. MY TRACES .

현실 불가능한 꿈에서는 일찍 깨어나라

희망이 삶에 목표를 제시해준다면, 우리의 노고는 그 목표에 고스란히 바쳐지게 될 것이다. 노고를 헛되이 하지마라.

. MY TRACES .

행복을 위한 성공에 힘쓰지 마라

부자가 되겠다는 생각을 버리고 가난하지 않겠다고 생각하라. 그럼 원하는 만큼의 재물을 얻을 것이다. 건강해지려는 욕심을 버리고 병에 걸리지 않겠다고 다짐하라. 그럼 무병장수할 것이다.

. MY TRACES .

어려움도 함께하는 친구를 사귀어라

내가 위험에 맞닥뜨렸을 때 혼자가 아님을 감사할 수 있기를. 믿을 수 있는 친구와 함께라면 사람들로부터 미움을 받더라도 홀로 감당하지 않아도 된다.

. MY TRACES .

늘 명랑하라

명랑함은 즉시 효력을 보여주는 훌륭한 자질이다. 인생
이라는 찰나의 순간을 살아가는 우리에게 다른 무엇보
다 소중한 은혜라 할 수 있다.

. MY TRACES .

때에 따라선 나의
부족한 점조차 이용하라

때론 당신이 가지지 못했거나 부족한 것 때문에 이득을
얻기도 한다. 가진 게 많거나 스스로 고귀하다고 여기는
사람은 평범한 사람들과의 관계에서 자신이 우위에 있
다는 것을 확인하고 즐기기에 간혹 허점을 드러내기 때
문이다.

. MY TRACES .

자신을 믿고 단단하게 나아가라

진정한 의미의 자부심은 본인에게 뛰어난 재능과 특별
한 가치가 있다는 확신을 가졌을 때 가질 수 있다.

. MY TRACES .

내면의 풍요는 삶의 활력이 된다

마음이 넉넉하면 삶이 풍요로워지며, 넘치는 활력으로
따분할 여지를 없애준다.

. MY TRACES .

타인의 개인사에 간섭하지 말라

친밀한 관계가 타인의 개인사에 개입하는 이유가 되진
않는다. 인간이 사회적 동물이라 하지만, 원만한 사교생
활을 위해서라도 타인에 대한 관심과 간섭을 구분할 필
요가 있다.

. MY TRACES .

대화는 장소에 맞게 하라

아무리 지성과 재치가 넘치는 대화 주제가 생각나더라도 상황이 여의찮거나 장소가 맞지 않다면 재치 있는 유머도 한심한 시선과 비웃음의 대상이 될 수 있다.

. MY TRACES .

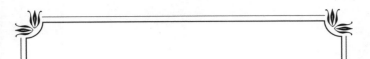

의문을 방치하지 마라

그 어떤 의문과 문제라 할지라도 마주하고 받아들일 줄
아는 지혜는 철학할 용기를 가져다준다.

. MY TRACES .

겉치장에 시간을 낭비하지 마라

겉치장에 대한 지나친 정성은 결국 부귀영화와 지위, 명예 상승과 같은 허영심을 불러 잔잔한 내면과 차분한 여가를 희생시키곤 한다.

. MY TRACES .

시기심은 행복의 적

시기심은 차마 인간이 어찌할 수 없는 자연스러운 감정
이지만, 자칫 깊이 빠지면 자신과 주위 사람들의 불행을
부르는 악의의 감정이다.

. MY TRACES .

사람을 쉽게 판단하지 마라

타인을 '매우 좋은 사람' 또는 '매우 나쁜 사람' 등으로
함부로 속단하는 건 옳지 않다. 그가 나와 생각이 다른
사람이란 사실을 뒤늦게 알면 상처가 될 뿐이다.

. MY TRACES .

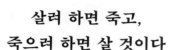

살려 하면 죽고,
죽으려 하면 살 것이다

삶에 집착하는 사람에겐 인생의 마침표가 일찍 찍히고,
담담히 끝을 기다리는 이에겐 오히려 더욱 긴 삶이 이어
지는 법.

. MY TRACES .

우선 서고를 정리하라

수많은 책을 읽고 다량의 지식을 쌓았다고 하더라도, 정작 자신의 서고가 정리되어 있지 않다면 그것은 쉽게 잊히고 사라지는 죽은 지식에 불과하다.

. MY TRACES .

공적 문서는 알기 쉽게 써라

귀족이 문장가의 아름다운 문체를 선호하는 것처럼 누구라도 이해할 수 있는 쉬운 글은 많은 사람의 지지를 받기 마련이다. 하지만 수많은 지식과 다양한 사상을 누구나 알기 쉽게 쓰는 것만큼 어려운 일이 또 없다.

. MY TRACES .

사회 규범을 준수하라

고독을 견디며 혼자서 살려고 하지 않는 이상, 사람은 누구나 사회에 속하려 한다. 그리고 집단 속의 개인은 타인과 더불어 살기 위해서라도 사회 규범을 따를 필요가 있다.

. MY TRACES .

새로운 소재의 대부분은 일상에 있다

의외로 일상에서 흔히 접할 수 있는 소재가 새로운 생각
과 이론의 기틀이 되곤 한다.

. MY TRACES .

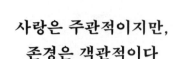

사랑은 주관적이지만,
존경은 객관적이다

존경은 마음속 깊은 곳에서 우러나오는 마음이기 때문에 겉으로 봐선 구분하기 힘들다. 사랑은 겉으로 드러난만큼 깊이가 있기에 주변에서 금방 알아챌 수 있다. 존경은 개인의 가치를 올려주지만 사랑은 딱히 그렇지 않다. 그러나 확실한 건 누군가의 존경보다 사랑하는 이의 마음을 받는 게 훨씬 유익하다는 사실이다.

. MY TRACES .

명예와 체면이
얼마나 가벼운 것인지 알라

명예와 체면은 인간이 타고난 본성과 다르며, 존재의 본
질과도 거리가 먼, 정상적인 인간관계에선 결코 생겨날
수 없는 편향된 악습이다.

. MY TRACES .

마지막 판단만큼은
타인에게 기대지 마라

중요한 선택의 기로에서는 한동안 갈팡질팡하더라도 판
단을 남에게 의존하지 않고 스스로 결정하는 게 필요하
다. 이보다 개체로서의 완성도와 독립성을 보여주는 증
거는 없기 때문이다.

. MY TRACES .

친구의 조언을 흘려듣지 마라

인격을 갖춘 친구의 조언은 선의의 비판이기에 우리를 선량한 길로 이끈다. 때에 따라 친구의 충고는 부모, 스승, 정부의 법률보다 훨씬 고귀할 수 있다.

. MY TRACES .

가질 수 없음에 불평하지 마라

가질 수 없는 현실을 두려워해서는 안 된다. 가질 수 없다는 진실을 망각해서도 안 된다. 불안과 불평이 가득한 삶을 살기보다, 적당히 살아가는 게 나을 수도 있다. 찰나의 순간에 삶과 죽음으로 나뉘는 가혹한 운명을 때론 담담히 받아들일 필요가 있다.

. MY TRACES .

건강은 삶의 우선순위다

무엇 때문이든 건강을 희생양으로 삼는 것은 지극히 어리석은 일. 이익, 승진, 학문, 명성 등과 건강을 바꾸는 건 바보나 할 짓이다. 더욱이 성적 쾌락과 같은 찰나의 기쁨 따윈 비교도 될 수 없다. 그 어떤 것도 건강을 위해서라면 뒤로 물려야 한다.

. MY TRACES .

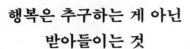

행복은 추구하는 게 아닌
받아들이는 것

행복이 꿈이 되어선 안 된다. 인생의 어느 시점에 반드시 행복한 순간이 올 것이라는 청년기의 꿈은 대부분 환멸로 끝나고, 얼마 안 가 불만이 된다.

. MY TRACES .

상대 지위에 예를 갖추되
현혹되지 마라

지위와 계급이란 겉모습만 그럴듯한 것으로, 스스로를
높이기 위해 계층을 나누어 표면적인 존경심을 억지로
끌어내는 수단에 불과하다.

. MY TRACES .

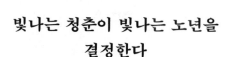

빛나는 청춘이 빛나는 노년을
결정한다

인생은 천에 자수를 수놓는 과정과도 같다. 천의 앞면을
수놓은 바느질이 정확하고 아름답다면, 천의 뒷면은 앞
면처럼 아름답지는 않을지언정 바늘은 더욱 정교하게
움직일 것이다.

. MY TRACES .

자신과 가족의 건강을
가장 우선시하라

사람은 젊을수록 자신의 건강에 자신감이 넘치고, 평소 건강관리에 느슨한 경우가 많다. 그러다 노년이 되어 몸에 이상 신호가 발생하면 그제야 건강의 중요성을 알지만, 그때는 이미 늦었을 때다.

. MY TRACES .

지나친 사교는
정신적 퇴행을 야기한다

홀로 사색하는 시간의 중요성을 아는 이는 사물의 실체
를 파악하는 데 능하며, 그로 인해 위대한 정신이 깃들
게 된다.

. MY TRACES .

직감을 중시하라

직감은 오감 외에 설명과 증명을 거치지 않고 사물에 대한 직접적인 접촉으로 느껴지는 감각으로, 진정한 실체를 이해하기 위해 필수적인 감각이다.

· MY TRACES ·

평판을 스스로 높이려 하지 마라

진정한 명성은 딱히 신경 쓰지 않더라도 알아서 유리한
방향으로 흐르기 마련이다.

. MY TRACES .

지나친 걱정은 일상의 고통을 부른다

세상에는 오늘만 생각하는 이가 많다. 경솔한 말과 행동
이 잦은 사람들이 바로 그런 사람들이다. 반대로 미래에
대한 불확실성에 몰두하는 이도 있다. 지나치게 근심이
많은 사람이 그들이다.

. MY TRACES .

생각한 대로 이뤄질 거라
장담하지 마라

행복 또는 불행으로 나뉘는 일의 결과에 대해 미리 실체 없는 기대 또는 슬픔을 상상하며 감정을 낭비할 필요는 없다.

. MY TRACES .

타인의 인격을 존중하라

타인과 더불어 살아가기 위해서는 나와 다른 것을 있는
그대로 인정하는 관용의 마음가짐이 필요하다.

. MY TRACES .

내면의 악함을 굳이 드러내지 마라

평소엔 얌전히 있다가 고삐가 풀리면 날뛰는 망아지처럼 인간의 성질 중에는 감추는 것이 나은 부분이 많다. 자신의 나쁜 점을 감추는 걸 옳다고 할 순 없지만, 생각 없이 자신의 모든 걸 그대로 드러내는 행동은 그저 멍청한 짓일 뿐이다.

. MY TRACES .

의지하는 자의 힘

누군가를 진심으로 따르고 기댄다는 건 자신의 의지를
관철하기 위한 또 다른 수단이자 선택이다. 어떤 이는
누군가의 아래에 있다는 사실만으로도 심리적 부담이
적어지기 때문이다.

. MY TRACES .

자화자찬하지 마라

타인이 공감할 수 있는 자화자찬이란 실제 존재하지 않
을 확률이 높다. 실제로 자화자찬하는 이는 대부분 허상
에 빠진 상태로서, 주변 사람이 그를 어리석은 사람이라
판단하게 할 뿐이다.

. MY TRACES .

경험이 사고를 대신할 순 없다

경험이 사고보다 낮은 위치의 활동이란 건 아니다. 경험
과 사고는 먹고 소화하고 흡수하는 인체의 장기와도 같
아서 서로를 보조하는 관계다.

. MY TRACES .

간결한 표현을 위해 사족을 줄여라

간단명료함이란 가치 있는 것만을 골라 말하는 것이다. 문장을 최대한 간결하게 표현하기 위해 가장 중요한 것은 어떤 표현이 사족인지를 구분할 줄 아는 능력이다.

. MY TRACES .

다르다고 틀린 건 아니다

개성이 뚜렷한 사람일수록 남들과 다르기에 소외당하는 일이 잦지만, 세월이 흐를수록 개성은 더욱 다듬어져 남들과 다른 특출한 장점이 되기 마련이다.

. MY TRACES .

삶이 지옥이라면
나만의 오두막을 지어라

세상을 낙원처럼 만들기 위해 고난에 맞서 싸우지 않고
쾌락을 추구하는 행위는 자연의 섭리를 거스르고 기쁨
만을 가지려 하는 이율배반적 행동이다.

. MY TRACES .

목표에 집중하고 과정에 성실하라

사람은 누구나 자신이 가진 능력을 발휘하고 싶어 한다. 이에 과정을 만들어가는 노동의 충실함과 자연스레 뒤따르는 값진 성과가 없다면 사람은 결코 행복할 수 없다.

. MY TRACES .

사랑과 존경은 동시에 얻지 못한다

자신이 타인의 존경심을 얻기 위해 지금껏 노력해왔는
지, 개인의 사랑을 쟁취하려 애써왔는지, 종래엔 그중
하나를 선택해야 한다.

. MY TRACES .

우울한 감정에 취하지 마라

우울은 불감증의 한 고리로, 이것에 취하면 사회적 규범 안에서도 자기 생각과 감정만이 유일하게 옳다는 망상에 빠지게 된다.

. MY TRACES .

삶의 목표를 '행복'으로 정하지 마라

어떤 목표를 향해 실천적 의지를 발휘했을 때, 길에서 우연찮게 얻은 물 한 모금, 그것이 행복이다. 깃발이 꽂혀 있는 종점 한구석에 행복이라는 단어가 새겨져 있더라도 그것은 진정한 행복이 될 수 없다. 행복은 달성해야 할 목표가 아니기에 그렇다.

. MY TRACES .

나의 사정보다
친구와의 우정이 먼저다

우정은 그 어떤 감정보다 인간을 현명하게 만든다. 우정
은 인간과 사물의 실상을 현실적으로 보여주며, 나아가
인간이 알아야 할 정당한 삶의 방법을 알려준다.

. MY TRACES .

사람들이 원하는 모습으로
살 필요는 없다

모든 불행은 주변 사람들 기대치에 나를 맞추려는 것에
서 시작된다. 나는 그냥 나다. 중요한 건 내가 나를 부끄
러워하지 않는 한 사람들도 나를 부끄러워하지 않을 거
란 사실이다.

. MY TRACES .

몸과 마음의 품격을 세워라

인격은 변하지 않는 대신 개인에 따라 그 깊이의 차이가
존재한다. '건전한 신체에 깃드는 건전한 정신'이라는 말
이 있듯, 건전한 신체와 정신은 행복한 삶의 필수 불가
결한 중대 요소다.

. MY TRACES .

고통을 제거하라

가장 행복한 운명은 큰 고통을 모르고 평생을 사는 것이다. 단순히 기쁨과 즐거움이라는 일시적 감정으로 인생의 행복을 가늠하는 것은 잘못된 기준이다.

. MY TRACES .

인생 설계도를 그려라

남들과는 다른 자신만의 특별한 인생을 꿈꾼다면 내 삶
의 개요도를 만들어 꼼꼼히 살펴볼 필요가 있다.

. MY TRACES .

시간은 보내는 것이 아닌,
활용하는 것이다

일상을 따분해하는 사람에게 시간은 그저 보내는 것에 불과하지만, 재능 있는 사람은 시간을 최대한 붙잡고 활용할 계획을 세운다.

. MY TRACES .

어리석은 이와는 무리 짓지 마라

필요에 따라 타인을 구분하거나 배척하는 행위는 쓸데
없는 적개심을 부를 뿐이다. 하지만 어리석은 이와 현명
한 사람 정도는 구분할 줄 알아야 한다.

. MY TRACES .

반론은 공감의 한마디로 시작하라

타인과의 토론 자리에서 다른 사람 의견에 반론을 제시할 필요가 있을 때는 모두가 공감할 만한 긍정의 내용으로 시작해야 상대의 집중력을 끌어낼 수 있다. 이때 효과적인 첫마디로는 '나도 같은 생각을 한 적이 있었는데…' 같은 말이 좋다.

. MY TRACES .

행복을 위해 문제를 고민하라

진정한 행복은 끝없는 자기반성을 통해 완성된다. 현재
의 기쁨보다 내일의 문제에 대해 고민하라.

· MY TRACES ·

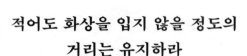

적어도 화상을 입지 않을 정도의
거리는 유지하라

대인관계에서 고독이 잊힐 정도의 적당한 거리를 유지한
채 타인과 소통하는 사람이 진정으로 현명한 사람이다.

. MY TRACES .

언짢은 감정은 즉시 털어버려라

못마땅하거나 거슬리는 등의 불쾌한 감정을 지우고 싶
을 땐 상황을 냉정하게 바라보는 사무적인 눈이 큰 도움
이 된다.

. MY TRACES .

지시하기에 앞서 대상을 통찰하라

부하 직원을 어떤 업무에 배치하고 싶을 때 그가 어떤 반응을 보일지 미리 짐작할 수 있어야 한다. 단순한 추측이 아니라 그의 입장과 현재 처한 상황을 고려하고, 그가 보일 반응을 예상하여 나의 성격과 얼마나 상반되는지 생각할 필요가 있다.

. MY TRACES .

학자가 아닌 천재를 목표로 하라

학자가 책을 읽는 사람이라 한다면, 천재는 책의 내용을
활용하여 세상을 발전시키는 존재라 할 수 있다.

· MY TRACES ·

사색할 땐 종이와 펜을 두고 가라

현명한 사람은 순간 떠오른 생각을 바로 메모하기 위해
종이와 펜을 항상 지니고 다니지만, 사색할 때만큼은 골
몰의 영위를 위해 빈손으로 향한다.

. MY TRACES .

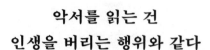

악서를 읽는 건
인생을 버리는 행위와 같다

문학은 인간의 삶과 자주 비유되곤 한다. 그중 악서는
논밭의 잡초처럼 문학의 세계에 빌붙어 독자의 순수함
을 어지럽힌다.

. MY TRACES .

쾌락에 집착하지 마라

쾌락의 감정에서 즐거움을 찾는 이들은 쾌락이 모든 기
쁨의 감정을 메울 수 있다고 생각한다. 하지만 금은보화
가 자신 앞에 쌓여 있으면 더 이상의 사치가 무미건조하
게 여겨져 결국 삶의 모든 순간이 따분해지고 만다.

. MY TRACES .

매일 몸을 단련하라

운동은 근육에 지속적인 자극을 가해 몸을 단련하고 건
강을 유지시키는 좋은 수단이다. 평소에 운동을 착실하
게 한다면 그 어떤 고통도 이겨낼 힘이 생긴다.

. MY TRACES .

피하는 것이 현명할 때도 있다

불쾌한 언동과 거슬리는 태도의 상대와 조우할 때, 현재 상황에 대처하는 가장 현명한 방법은 상대하지 않고 그 냥 피해 가는 것이다.

. MY TRACES .

인생의 산은 젊을 때 오르도록

인생의 산은 태산과 같아서 젊은 시절에 최선을 다해 올라야 한다. 그렇게 삶의 등정에 성공해야 노년에 인생의 풍성한 과실을 맛볼 수 있다.

. MY TRACES .

반성의 시간은 짧을수록 좋다

반성은 과거의 실수를 돌이켜보는 긍정적 과정이지만, 그 시간이 지나치게 길어지면 자기혐오가 될 수 있다. 그 럴 땐 차라리 아무 생각 말고 잠자리에 드는 편이 낫다.

. MY TRACES .

친구의 장점을 내 것으로 만들어라

친구와의 교제를 통해 그가 지닌 교양과 지식을 내 것으로 소화할 수 있다면, 이는 모든 배움 중에서도 매우 높은 수준의 고찰과 경험이 될 것이다.

. MY TRACES .

분에 넘치는 재물은 행복을 방해한다

부는 엄밀히 말하자면 넘치는 사치일 뿐, 실제 행복에는 거의 도움이 되질 않는다. 오히려 넘치는 부로 인해 사랑과 영혼이 마른다면 본래 가져야 할 행복을 잃을 수도 있다.

. MY TRACES .

나와 같은 생각을 가진
무리를 만들어라

사람은 혼자서 큰일을 할 수 없다. 사회 속에 있어야 그
능력을 온전히 발휘할 수 있다. 그러나 성공은 홀로 집
중하는 시간에서 시작한다는 사실 역시 잊지 마라.

. MY TRACES .

행복할 때야말로 불행을 대비할 때다

긍정적인 상태일수록 가장 부정적인 상황을 가정해야
한다. 사랑할 때는 증오를 떠올리고, 신뢰하는 이와 비
밀을 나눌 때는 배신당해 후회할 것을 가정하라. 항상
정반대 상황을 염두에 두는 것이 좋다.

. MY TRACES .

타인의 개성을 존중하라

개성은 사람의 고유한 특성으로, 그 중요성은 같은 민족,
같은 국가라는 동질성보다 천 배 이상의 가치가 있다.

. MY TRACES .

여가는 더욱 높은 곳을 향하는 발판이다

여가는 그간 쌓인 피로감을 줄여주고 일상의 활력을 잃지 않게 도와준다. 여가 시간이 그저 따분하다 생각된다면, 자신에게 삶의 행복은 무엇인가 한번쯤 뒤돌아볼 필요가 있다.

. MY TRACES .

세상을 관찰하는 버릇을 들여라

통찰은 예리한 관찰력으로 사물을 꿰뚫어보는 걸 의미
한다. 주위의 모든 걸 관찰하는 버릇을 들이면 새로운
상황이나 물체를 접했을 때 상황을 파악하거나 해결하
는 능력이 생긴다.

. MY TRACES .

사람이 쉽게 변할 거라 생각 마라

악인이 선인이 될 확률보다, 다음에도 똑같은 악행을 저
지를 확률이 더 높다.

. MY TRACES .

계획은 항시 꼼꼼하게 살펴라

세심한 성격의 위인이라 한들 결국 사람인 이상 허점이 없을 순 없다는 사실을 잊지 마라. 사소한 실수 하나로 전체 계획이 틀어지는 건 흔한 일이다.

. MY TRACES .

예의와 친절은 상대의 호의를 부른다

평소 완고한 성격에 타인에 대한 적의로 가득한 상대라 하더라도 매사에 예의와 친절로 답한다면 결국 호의적인 태도로 변하기 마련이다. 예의는 마치 밀랍에 가하는 열과 같아서 정성으로 열을 가하면 원하는 모양으로 주무를 수 있다.

. MY TRACES .

가끔은 멀리 떨어져 아름다움을 느껴라

삶의 풍경은 한 폭의 모자이크 그림과 같다. 가까운 곳
에서 보면 어떤 것도 알 수 없지만, 멀리 떨어져 보면 숨
겨진 아름다움을 알게 된다.

. MY TRACES .

자신의 문체로 글씨를 써라

얼굴이 육체의 인상이라면 문체는 정신의 인상이라 할
수 있다. 타인의 문체를 모방하는 행위는 육체와 정신의
인상을 가리는 가면과 같아서 아무리 빼어난 글씨라 하
더라도 생동감이 없기에 금방 질리고 만다.

. MY TRACES .

일상을 등한시하며
생활에 태만하지 마라

태만이 가진 파괴력과 폐해를 과소평가하지 마라. 잡다
한 일에 파묻혀 가치 있는 일에 소홀해서도 안 된다.

. MY TRACES .

신경에 쌓이는 과로만큼은
최대한 피하라

사람의 근육은 쓰면 쓸수록 강해지지만, 신경은 반대로 소모하면 할수록 약해진다. 몸을 단련할 때도 신경에 무리가 가지 않도록 늘 관리해야 한다.

. MY TRACES .

세월은 나와 속도를 맞춰주지 않는다

세월은 초겨울 차가운 바람과 같아서 결코 살갑지 않다.
내가 부지런히 세월과 동행하는 수밖에 없다.

. MY TRACES .

친구 앞에서도 흐트러지지 마라

인간의 감정은 완벽하지 않다. 인간에게는 기본적으로 끈기가 없으므로 나의 말과 행동에 따라 호감은 언제든지 반감으로 전환될 수 있음을 명심해야 한다.

. MY TRACES .

행복과 기쁨은 내 마음에 달린 것

행복과 기쁨의 감정은 지극히 주관적인 요소다. 개인의
주관이 인생에서 핵심적인 역할을 한다는 것 역시 일상
적인 체험을 통해 입증되고 있다.

. MY TRACES .

이미 가진 것을 당연하다 여기지 마라

한번 크게 아파봐야 그 중요성을 알게 되는 건강처럼,
대부분의 사람들은 자신의 소중한 걸 잃고 나서야 비로
소 그 가치를 알게 된다.

. MY TRACES .

자유를 원한다면 먼저 제한하라

진정한 자유를 누리고 싶다면 스스로의 행동을 먼저 분별하고 제한해야 한다. 경험적 측면에서 인간의 행복은 우리의 시야, 활동 범위, 세상과의 접촉 범위가 좁아지고 제한될수록 훨씬 커진다.

. MY TRACES .

모욕을 당해도 태연하라

자신의 가치를 스스로 인정하는 사람은 상대에게 모욕을 당하더라도 전혀 개의치 않는다. 타인에게 모욕적 언사를 하는 이들은 대부분 본인의 가치에 자신 없는 이들이기 때문이다.

. MY TRACES .

본인의 행복을 우선시하라

냉정하게 말해 가족 또는 친구와의 유대관계가 아무리 단단하다 하더라도, 결국 인간은 자기 자신을 먼저 바라보는 존재다. 그다음 차선이 되는 존재는 고작해야 자신의 자녀 정도다.

. MY TRACES .

따분해지면 일상을 되돌아보라

따분함은 인간 고뇌의 원천이긴 하지만, 개인이 쉽게 해
결할 수 있는 문제이기도 하다. 일상이 필요 이상으로
단조롭다면 삶에 활력을 줄 새로운 소재를 찾아라.

. MY TRACES .

사치라 여겨지면 당장 멈춰라

사치는 잠시나마 초라한 일상을 잊고 행복한 기분이 들게 하지만, 이는 사치가 가져다주는 순간의 쾌락에 불과하다. 지나친 낭비는 삶의 빈곤감과 소외감을 키우며 마침내 일상을 망치게 만든다.

. MY TRACES .

모르는 걸 안다고 말하지 마라

자신이 알지 못하는 것은 모른다고 솔직히 밝힘으로써
그의 지성은 두 배가 된다.

. MY TRACES .

명예는 소유하기보다
지키기가 더 어렵다

명예를 갖기 위해선 무수한 성과를 쌓아올려야 하지만,
명예를 잃는 건 단 한 번의 실수만으로도 족하다.

· MY TRACES ·

결심했다면 결과를 걱정하지 마라

이미 시작했다면 과정에 충실하여 그에 따른 결과를 기
다릴 뿐이다. 걱정을 멈출 길이 없다면 차라리 긍정의
마음으로 결과를 기대하라.

. MY TRACES .

행복한 삶이란 불행 없이 사는 것이다

행복하게 사는 것보다 불행하지 않게 사는 게 훨씬 어려운 일이다. 모든 행복론은 인내하는 삶을 기본으로 강조하며 시작된다.

. MY TRACES .

교제는 상대의 인품,
절교는 상대의 가치에 따라 결정하라

현재 교류하는 상대가 아무 이유 없이 불쾌한 언사와 행동을 보일 때는 잠시 화를 누르고 고민해보라. 그가 나의 삶에 어느 정도 가치를 가진 사람인지를 말이다.

. MY TRACES .

세상에서 도망쳐보는 것도 값진 경험이다

젊었을 적엔 세상에 버림받은 존재란 느낌이 들다가, 노년이 되면 오히려 자신이 세상으로부터 도망치고 있는 건 아닌가 하는 깨달음을 얻곤 한다. 이는 삶의 경험을 통해 세상이 어떤 것인지 어느 정도는 알게 됐다는 의미이기도 하다.

. MY TRACES .

내면의 사상을 소중히 사용하라

과거의 책에서 얻는 사상을 화석이 되어버린 태고의 식
물이라 한다면, 우리 내면에서 새로이 태어난 사상은 땅
속에서 뻗어나온 봄철 새싹과도 같다.

. MY TRACES .

책은 목표를 위한 수단일 뿐이다

독서중독자는 책 읽기에 골몰할수록 스스로 생각할 의
지를 잃는 경우가 많다. 항상 차를 타고 이동하다 보면
짧은 거리를 걷는 것도 힘겨워지는 것과 마찬가지다.

. MY TRACES .

집중과 선택의 중요성을 잊지 마라

세상 모든 일을 열심히 할 필요는 없다. 고생이 헛수고
가 되어버리는 경우가 있고, 결국 손에 넣는다 하더라도
세월이 많이 흘러 필요가 없어지는 상황도 많다.

. MY TRACES .

희망을 가지되 매몰되진 마라

희망의 속삭임에 빠져 필요 이상 참고 견디지 마라. 말 그대로 희망고문에 불과할 뿐. 희망이 절망이 되는 순간, 그때서야 우리는 희망의 정체를 알게 될 터.

. MY TRACES .

현재 행복하다고 느낀다면
잘살고 있다는 뜻

내가 잘산다고 느끼는 것은 지금 내가 잘하고 있다는 반
증이다. 한마디로 행복은 '잘하고 있다'의 지속적 의미다.

. MY TRACES .

항시 남을 배려하라

수많은 자질 중에서 행복과 가장 직접적인 관계가 있는 것은 다른 이의 처지를 헤아릴 줄 아는 너그러운 배려의 마음이다.

. MY TRACES .

자신의 재능을 최대한 활용하라

본인이 가진 재능에 알맞은 목표를 추구하여 좀 더 완벽
해지기 위해 부단히 노력하라. 그리고 자신의 재능에 걸
맞은 직업을 선택하면, 재능의 확장과 함께 높은 지위의
삶을 살게 될 것이다.

. MY TRACES .

누군가와 친해지고 싶다면
같은 점을 찾아라

각자의 삶은 같은 재료로 만들어진 맛과 색, 모양이 서로 다른 과자의 나열과 같아서, 이러한 과자가 잔뜩 진열된 제과점을 모두의 인생이라 비유할 수 있다.

. MY TRACES .

불행을 특정하기 힘들다면
모든 걸 대비하라

불행은 확실히 찾아올 시기를 특정할 수 있는 일부와 불확실한 대부분으로 나뉜다. 불확실한 불행을 막으려면 평소 신경 쓰지 못했던 부분부터 대비를 시작하라.

. MY TRACES .

여가를 목표 없이 보내지 마라

대부분의 사람은 목표 없이 보내는 시간을 못 견뎌 한
다. 여가 역시 단조롭고 따분하게 보낼 뿐이라면, 이내
일상의 걱정 같은 무거운 마음이 들기 마련이다.

. MY TRACES .

고독의 시간을 즐겨라

사회생활을 하며 빈번하게 이뤄지는 타인과의 교류는 그 범위가 넓고 잦을수록 평온한 감정을 흩뜨려놓기도 한다. 잦은 사교와 친목은 일상의 자유를 빼앗으며, 결국 남는 것은 없기 마련이다.

. MY TRACES .

지성은 무엇과도 바꾸지 마라

지성의 사전적 의미가 인간의 지적 능력, 즉 사고하고
이해하며 판단하는 능력을 뜻하듯, 지성이 높으면 높을
수록 귀한 대우와 인정을 받을 수 있다.

. MY TRACES .

함께할수록 더 과묵하라

속이 알찬 사람일수록 타인 앞에서 과묵하며, 수다스러
운 사람일수록 자기애가 강하다. 주변 사람에게 호평을
듣고 싶다면 침묵하는 것이 가장 확실한 길이다.

. MY TRACES .

시간이 날 때마다 사고하라

생각하고 궁리하는 시간이 많아질수록 그에 대한 기억
이 또렷해져 필요할 때마다 쉽게 꺼내 쓸 수 있게 된다.

. MY TRACES .

위대해지고 싶으면
다음 세대를 위해 일하라

이미 결심했다면 확고한 자신감을 가져라. 그것은 놀라운 업적을 부르고, 자신을 위대하게 만들 것이다.

. MY TRACES .

타인의 행동을 단정하거나
비판하지 마라

상대방에게 변화를 요구할 때는 대화하기 적당한 시간
과 장소를 골라 저항에 부딪치지 않을 만큼 요구하라.
자기 생각과 다르다고 무작정 성을 내는 것은 길가의 돌
멩이에 화내는 것처럼 바보 같은 행동일 뿐이다.

. MY TRACES .

진짜를 가장한 가짜에 속지 마라

승려는 세상으로부터 존경받아 마땅한 이들이나, 안타깝게도 진정한 승려라 부를 수 있는 이는 존재하지 않다시피 한다.

. MY TRACES .

겉멋이 든 문체는 지양하라

겉멋에 찌든 문체를 쓰는 사람은 자신의 초라한 지식수준을 가리기 위해 잔뜩 치장한 사람과 같다. 반면에 겉은 초라할지언정 꿋꿋이 자신의 길을 가는 사람을 진정한 신사라 부른다.

. MY TRACES .

책은 서재보다는 무릎 위가 어울린다

책을 사놓기만 할 뿐이라면 낭비라 하겠지만, 책을 읽고
지식을 습득하는 행위는 내일의 지성을 위한 투자다.

. MY TRACES .

지나친 친절은 배척하는 것만 못하다

애완동물도 너무 소중하게 대하다 보면 쉽게 버릇이 없어지듯, 인간 역시 다르지 않다.

. MY TRACES .

성장하기 위하여 반성하라

끝없는 자기반성은 자신의 행동과 사고 내용, 감정 상태를 최상의 상태로 조율할 수 있게 한다. 또한 과거의 나와 현재의 내 모습을 항시 비교하며 더 발전하고자 노력한다면 결과에 만족하진 못할지언정 후회는 하지 않게 된다.

. MY TRACES .

결혼은 두 사람을 다시 태어나게 한다

결혼생활에서는 개인의 이득보다 공동(부부·가족)의 이득
이 우선하고, 개인적 특성보다 공동의 총체성이 앞선다.
그리하여 두 사람은 하나가 되는 것이다.

. MY TRACES .

불행을 혼자 감당하는 건 무의미한 만용

당신 곁에서 고통을 함께 짊어지고, 함께 용서를 구하려
는 친구를 사귀어라. 가혹한 운명과 매정한 대중도 두
사람의 의지를 동시에 공격하지는 못한다.

. MY TRACES .

진짜 가치를 알아보는
눈과 지성을 키워라

어리석은 사람은 세상에서 가장 훌륭한 것을 바로 코앞
에서 보여줘도 그 진가를 제대로 알지 못한다.

. MY TRACES .

남에게 오해 사는 일에 태연하라

남에게 오해를 사게 되더라도 불안해하거나 낙심할 필요 없다. 그들이 당황할 정도로 심신의 태연함을 유지한다면, 언젠가 심사숙고와 토론이 이루어져 그간의 오해와 잘못이 수정되기 때문이다.

. MY TRACES .

자신과 어울리는 일을 선택하라

현재 하는 일이 본인에게 즐거움을 선사하는지, 고통을 주는지는 바꿔 말해 무엇이 본인 의지를 지배하고 있는가에 따라 달라진다. 중요한 건 자신의 재능을 알고 그에 맞는 일을 고른다면 삶이 행복할 거란 사실이다.

. MY TRACES .

내 능력 밖의 것은 타인에게 배워라

인간은 자신이 가진 것 이상의 견해를 갖기가 불가능하다. 하지만 자신이 가진 능력 이상의 것이나 다른 것은 타인에게서 발견할 수 있기에 실망할 필요가 없다.

. MY TRACES .

고독을 떨치기 위한
타인과의 교제는 지양하라

인간이 사교를 추구하는 건 고독한 상황을 두려워하기 때문이다. 하지만 관계를 위한 관계만큼은 공허함을 부를 뿐이다.

. MY TRACES .

생각하는 행위를 멈추지 마라

무료한 시간을 보낼 때 별다른 행동 없이 그 시간을 정
적으로 보내는 이는 홀로 사색하는 시간의 중요성을 아
는 사람이다.

. MY TRACES .

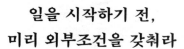

일을 시작하기 전,
미리 외부조건을 갖춰라

일반적으로 어떠한 기술과 집중력을 요하는 일을 할 때
는 현재의 건강 상태와 전날 취한 수면의 양, 그 외 날씨
나 온도 등의 요인이 당일 컨디션에 적지 않은 영향을
끼친다.

. MY TRACES .

지성을 필요 이상 드러내지 마라

자신의 높은 지성을 감추지 않고 드러내는 것은 세상 물
정을 모르는 애송이의 철없는 행동과도 같다. 타인에게
지성과 통찰력 같은 성질을 보이면 미움과 적의의 대상
이 되기 십상이다.

. MY TRACES .

사고는 연인과도 같다

아무리 훌륭한 생각이라 하더라도 늘 메모하고 정리하지 않으면 잊어버릴 위험이 있듯, 누구보다 사랑하는 연인도 결국 결혼하지 않으면 언젠가 떠날 수 있다.

. MY TRACES .

때론 일부러 속을 필요도 있다

누군가 자신에게 진실과 거짓을 섞어 말한다는 의심이
든다면, 겉으론 그의 말을 믿는 척하라. 그 상황이 계속
될수록 상대는 더 대담해져 새로운 거짓말을 덧붙이다
마침내 들통나고 말 것이다

. MY TRACES .

양서를 항상 가까이 두라

악서는 지성을 파고드는 심각한 독극물이자 정신을 피폐하게 하는 오염된 지식이다. 반면 양서는 가까이해서 나쁠 게 없고, 과하다 해도 넘침이 없다.

. MY TRACES .

고난이 없는 세상은 낙원이 아니다

세상에 고난이 없을 때, 인간은 쾌락에 대한 끝없는 갈망으로 인해 스스로 고통을 불러오곤 한다. 고난이 초래한 암울한 현실에 인간은 예전 낙원을 그리워하지만 결국 맞이하는 건 또 다른 고통의 현실뿐이다.

. MY TRACES .

대부분의 불행은
혼자가 아니어서 생기는 일

비사교적이라는 말은 내 기준으로 사교가 필요하지 않을 만큼 많은 것을 지니고 있다는 뜻이다. 사실 인간이 겪는 모든 고뇌와 번민은 교제에서 비롯된다고 볼 수 있다.

. MY TRACES .

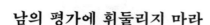

남의 평가에 휘둘리지 마라

대부분의 사람이 평생에 걸쳐 노력하고 어떡해서든 손에 넣고자 하는 것이 타인의 평가다. 학문을 탐구하는 학자와 예술가조차 타인에게 존경받기 위해 온갖 노력을 아끼지 않는다. 너무나도 한탄스러운 일이다.

. MY TRACES .

하루를 일생처럼 여겨라

하루에 좀 더 의미를 부여하자면 '사람의 일생'과 같다
고 할 수 있다. 기상이 출생 과정이라면 아침과 낮은 청
춘이고, 밤이 노년이라면 취침은 죽음을 의미할 것이다.

. MY TRACES .

증오와 질투의 감정을 경계하라

상대에 대한 증오와 미움, 질투심을 억제함으로써 악의
가 초래하는 마음의 고통을 피하고 자신을 돌아볼 여유
를 가질 수 있다.

. MY TRACES .

지나친 친절은 피하라

사람은 마치 어린아이와 같아 늘 부탁을 받아주다 보면
자신을 향한 친절이 마치 권리인 줄 안다. 특히 금전적
문제의 경우, 돈을 빌려주다 돈과 함께 친구를 잃는 경
우가 흔하다.

. MY TRACES .

새로운 지식이 과거의 지식보다
옳은 건 아니다

새로 나온 지식이 항상 옳다는 생각은 착각에 불과하다.
새것이 옛것에 비해 뛰어나고 이전보다 진보했다 말하
는 것 역시 큰 착각이다.

. MY TRACES .

개인의 의견은
순수하고 명료하게 표현하라

진정한 사상가는 자기 생각을 최대한 순수하고 간단명료하게 표현하려 노력한다. 이러한 순수함은 진리를 상징할 뿐 아니라, 천재를 보증하는 역할을 한다.

. MY TRACES .

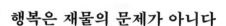

행복은 재물의 문제가 아니다

선량하고 공손하며 온화한 성품의 사람은 가난한 환경
속에서도 행복한 삶을 살아가지만, 탐욕과 질투가 많으
며 심술궂은 사람은 세상에서 제일가는 부자라고 할지
라도 비참한 마음에서 벗어날 수 없다.

. MY TRACES .

생각에 함몰될 것 같으면 일단 벗어나라

생각이 정해진 결과 없이 꼬리에 꼬리를 물게 되면 감각
이 둔해지며 결국 혼란에 빠지게 될 뿐이다.

. MY TRACES .

남이 뭐라 하든 신경 쓰지 마라

인생의 고민 중 절반 이상은 타인이 나를 어떻게 평가하는지에 대한 걱정이다. 바꿔 말하면, 이를 신경 쓰지 않으면 인생의 고민 중 절반이 해결되는 셈이다.

. MY TRACES .

가끔은 상대에게
'나'의 중요성을 일깨워라

지인의 말과 행동이 전과 달리 소홀해졌다면, 그가 당신
곁에 없다고 하더라도 일상생활에 전혀 문제가 없다는
사실을 깨닫게 해줘야 한다.

쇼펜하우어의 조언
: 철학자가 들려주는 내 인생의 해답

초판 1쇄 발행   2024년 4월 20일

지 은 이   아르투어 쇼펜하우어
엮 은 이   안창우
펴 낸 이   한승수
펴 낸 곳   온스토리

편   집   이상실, 구본영
디 자 인   박소윤
마 케 팅   박건원, 김홍주

등록번호   제2013-000037호
등록일자   2013년 2월 5일
주   소   서울특별시 마포구 동교로 27길 53, 지남빌딩 309호
전   화   02 338 0084
팩   스   02 338 0087
메   일   hvline@naver.com

I S B N   978-89-98934-55-2 03850